Ce livre appartient à

Jacques
et le Haricot magique

ILLUSTRATIONS

Richard Bernal

Mango

Adaptation : Jennifer Greenway
© Editions Mango 1993 pour la langue française
Jack and the Beanstalk Copyright © 1991 Armand Eisen
Dépôt légal : juin 1993
ISBN 2 7404 0284 8

Jacques
et le Haricot magique

Il était une fois une veuve très pauvre qui vivait avec son fils, Jacques, dans une petite maison isolée. Ils ne possédaient en tout et pour tout qu'une vieille vache blanche.

Un jour qu'ils n'avaient plus rien à manger, la veuve se dit :

"Il faut que je vende notre vache, sinon, nous allons mourir de faim."

"Jacques, dit-elle, tu vas emmener notre vache au marché. Surtout, vends-la au plus offrant, car c'est tout ce que nous possédons.

– Bien, mère", répondit Jacques.

Jacques, très heureux d'aller en ville tout seul, se mit alors en route en gambadant joyeusement. La vache, docile, marchait lentement à côté de lui.

C'est alors qu'une voix se fit entendre derrière lui :

"Où vas-tu donc en sifflotant si gaiement ?"

Jacques se retourna et aperçut au bord du chemin un curieux petit homme vêtu d'un costume vert vif.

"Je vais vendre notre vache au marché, répondit Jacques.

– Si tu veux, je te l'achète, proposa le petit homme.

Je te donne ces haricots magiques en échange", insista-t-il en ouvrant la main.

Dans la paume de sa main, brillaient des haricots aux couleurs de l'arc-en-ciel.

"Des haricots magiques ! s'écria Jacques, toute méfiance évanouie, c'est la première fois que j'en vois !"

Et il accepta
l'échange.

"C'est ma mère
qui va être contente",
pensa-t-il en
empochant les
haricots. Le petit
homme, lui, avait
disparu aussi
mystérieusement
qu'il était apparu,
mais Jacques ne s'en soucia pas.

Jacques se rendit compte un peu tard
de son erreur et sa mère ne fut pas du tout
contente !

"Jacques ! s'exclama-t-elle, comment
as-tu pu te montrer aussi stupide !"

Elle était si furieuse qu'elle jeta les
haricots par la fenêtre.

Penaud, Jacques monta se coucher :

"Demain, ma pauvre mère n'aura rien à manger, et moi non plus. Tout ça par ma faute et celle de ces maudits haricots magiques !"

Il passa la nuit à se tourner et se retourner dans son lit et se leva de fort mauvaise humeur. Il ouvrit la fenêtre et regarda dehors : il resta bouche bée. Il se frotta les yeux pour être sûr de ne pas rêver.

A l'endroit où sa mère avait jeté les haricots magiques, une épaisse tige de haricot se dressait, immense. Elle se tordait, s'enroulait sur elle-même, comme un énorme serpent vert. Elle était si haute qu'elle touchait les nuages !

"Mère ! cria Jacques, vite, viens vite !" Sa mère, alertée par les cris de Jacques, arriva aussi vite qu'elle put.

Muette de surprise, elle ne pouvait détacher les yeux de la tige.

"Je me demande jusqu'où elle va, dit-il. Peut-être que si je grimpais, je le saurais !

– Je te l'interdis, répondit sa mère. Ces haricots nous ont causé déjà assez de soucis !"

Sans l'écouter, Jacques avait déjà commencé à escalader la tige.
Il monta, monta, toujours plus haut : la maison n'était désormais pas plus grosse qu'un nid d'oiseau.

Jacques finit enfin par atteindre le sommet de la tige, juste après avoir traversé les nuages. Au loin, il aperçut un gigantesque château de pierre.

Le cœur battant, il s'approcha de l'imposante porte de fer. Il hésita un instant, puis, ne sachant pas quoi faire, il sonna.

La porte s'ouvrit et une énorme géante apparut devant lui. Avant qu'il eût pu même penser à se sauver, elle avait saisi le pauvre Jacques dans sa vaste main.

"Parfait !" s'exclama-t-elle d'une voix tonitruante.

Terrorisé, le pauvre Jacques tremblait de tous ses membres.

"Tu vas d'abord allumer le feu et cirer mes bottes, tonna la géante, mais gare à toi si tu me désobéis, car alors je te donnerai à manger à mon mari. Le petit garçon bien rôti est son plat préféré !"

Jacques aida donc la géante à allumer le feu puis à cirer ses bottes.

Soudain, il entendit un grand bruit
affreux, comme un roulement de tonnerre.

"Mon mari !" s'écria la géante. Elle saisit
Jacques et le cacha entre deux énormes
pots de confiture dans un sombre placard.

C'est alors qu'une voix épouvantable
retentit dans la pièce :

"Hum, hum ! Il y a, ici, un petit garçon
qui va bientôt rôtir sur le feu !

– Idiot ! lui répondit sa femme, c'est un gigot de mouton que tu sens là."

Par le trou de la serrure, Jacques vit la géante montrer à son mari, qui était encore plus monstrueux qu'elle, le plus gros gigot de mouton qu'il avait jamais vu de sa vie.

Le géant le dévora sur-le-champ et en réclama immédiatement un second.

Après quoi, il demanda à sa femme :

"Apporte-moi l'oie aux œufs d'or !"

Elle revint avec une oie tout à fait ordinaire, la posa devant son mari et partit se coucher. Intrigué, Jacques rapprocha un peu plus son œil de la serrure. Il pressentait que quelque chose d'extraordinaire allait se dérouler devant lui.

Le géant attendit qu'elle fût partie, regarda d'un air méfiant dans la pièce, puis se se pencha vers l'oiseau, l'œil brillant de convoitise :

"Ponds !" ordonna-t-il.

Et l'oie pondit un œuf en or.

"Ponds !" dit-il encore.

Et l'oie pondit un deuxième œuf en or.

"Ponds !" demanda-t-il de nouveau.

Et l'oie pondit un troisième œuf en or.

Jacques, l'œil collé contre le trou de la serrure, n'en croyait pas ses yeux.

"Quel trésor !" pensa-t-il, et il chercha un moyen de la voler.

Le géant commençait à somnoler, épuisé
d'avoir englouti deux si gros gigots.
Il poussait d'énormes bâillements qui
découvraient son immense mâchoire.
Jacques eut si peur qu'il étouffa un cri
de terreur. Puis le géant s'endormit sur sa
chaise et se mit à ronfler si fort que les
murs du château en tremblèrent.

Jacques sortit alors doucement de sa
cachette. Il avança pas à pas sous le nez
du géant puis attrapa prestement l'oie
par le cou avant de se ruer vers la porte.
L'animal, qui était terrorisé, se mit à hurler :
"A l'aide ! A l'aide ! On m'enlève !"

Le géant se réveilla brusquement,
saisit un os de gigot en guise de gourdin
et se précipita sur Jacques.

"Arrête, misérable nabot ! Rends-moi mon oie !"

Mais Jacques avait déjà atteint la porte et courait à toute vitesse à travers les nuages.

"Il faut absolument que je retrouve la tige du haricot géant", pensait-il affolé. Enfin, il l'aperçut et, tenant l'oie bien serrée contre lui, il se laissa glisser vers la terre. Soudain, la tige se mit à bouger dans tous les sens. C'était le géant qui descendait à son tour et qui s'apprêtait à le rattraper. L'enfant ferma les yeux de terreur : il entendait le géant qui se rapprochait de plus en plus. Heureusement, Jacques fut le premier au pied de la tige. Tremblant de peur, il hurla de toutes ses forces :

"Vite, mère, vite ! Apporte-moi la hache !"

Sa mère arriva en courant avec la hache. Jacques s'en empara et coupa la tige du haricot, qui s'écrasa au sol, entraînant le géant dans sa chute. Le géant rebondit si fort que nul ne sut dans quel pays il atterrit. En tout cas, ni Jacques ni sa mère ne le revirent jamais.

L'oie, quant à elle, était ravie de ne plus être prisonnière du géant. Elle raconta à quel point sa vie avait été pénible et combien elle avait eu peur du géant. Pour fêter sa liberté, elle pondit sur-le-champ un œuf en or, puis un autre et encore un autre. On vendit les œufs, et Jacques, sa mère et l'oie vécurent très heureux dans une grande et belle maison.